Sur le chemin de mon père

Chantal BERNATI

©2016 Chantal BERNATI

Edition : BoD – Books on Demand
12/14 rond-point des Champs Elysées
75008 Paris
Imprimé par BoD – Books on Demand, Norderstedt
ISBN : 9782322114856
Dépôt légal : Octobre 2016

Toute représentation intégrale ou partielle faite sans le consentement de l'auteur ou de ses ayants droit ou ayants cause est illicite.

Chantal Bernati est née en 1966, elle entre à « La Société des Auteurs Savoyards » en mars 2016 avec son roman « Partir avant de vous oublier… »

Bibliographie :
« Une adolescence volée » 2014
« Partir avant de vous oublier… » 2015
« Après toi… » 2015
« Comme une ombre au fond de ses yeux » 2016

À mon cousin Franck Sampol, qui me manque et avec qui j'ai des souvenirs inoubliables dans la vallée des Belleville...
À mes parents,
À mes grands-parents, Angèle et Rémy Favre,
À mes grands-oncles et tantes, Joachim et Pauline Charvin, Eugénie et Paul Plaisance,
À mon arrière-grand-père Hyppolite Favre,
À mes cousins Plaisance,
À Marie Rey et à Jean Rey qui ont contribué à me faire aimer cette belle vallée des Belleville.

À Monsieur et Madame Hudry, à Monsieur et Madame Dujean, à Chantal Dujean, à Chantal et Régis

Tatou, avec qui j'ai passé mes premières vacances à Gittamelon,
Aux habitants des Frênes, de Gittamelon, des Varcins, de la Rochette, de Planvillard et de Villaranger que j'ai retrouvés chaque été avec plaisir ...

Sans oublier « Missette », petite chienne mémère, qui nous suivait partout aux Frênes,
Et enfin à Sam, adorable chien de « Mamou » qui surveillait les enfants que nous étions, en même temps que les chèvres, dans les années 70 !

A tout ce petit monde qui a contribué à me faire passer des vacances mémorables dans la vallée des Belleville, il y a environ une quarantaine d'années (entre 1970 et 1983), je voudrais vous dire MERCI !

« En vérité le chemin importe peu, la volonté d'arriver suffit à tout »
Albert Camus

Chapitre 1

- Bâtard !

Ce mot résonnait dans la tête de Timothée ; Hugo lui avait lancé cette insulte lors d'un match de foot qui les opposait. Ce n'était pas la première fois que Tim l'entendait mais cette fois-ci, son opposant avait ajouté : « fils de personne ! »

Timothée était âgé de neuf ans, il était en CM1. C'était un petit garçon espiègle, pas plus terrible qu'un autre. Il avait les cheveux bruns, des yeux très sombres, presque noirs et un magnifique sourire. Jules et Tommy étaient ses meilleurs amis depuis la maternelle et ensemble ils refaisaient le monde, comme beaucoup d'enfants à cet âge-là. Sa maman, Aurore, disait de lui qu'il était l'homme de la maison, car de papa, Timothée n'en avait pas, et c'était bien là le principal problème du jeune garçon. Sa mère lui avait dit qu'il était parti comme il était venu, sans bruit. Tim ne comprenait pas trop ce que ça voulait dire. Pouvait-on quitter femme et enfant, comme ça, sans bruit ? Cette explication ne lui suffisait plus mais devant le silence de sa mère et l'insulte d'Hugo, le jeune garçon se devait d'agir et de

retrouver son père. Mais que savait-il de lui ? Un prénom, Eric, et ce petit détail : une fois, lors d'une balade, comme ils croisaient un troupeau de chèvres, Aurore lui avait dit, d'une voix mélancolique, « ton père adorait les chèvres ».
C'était bien peu mais Tim était persuadé qu'en questionnant encore sa mère, il aurait suffisamment d'indices pour le retrouver.

Ce soir-là, quand sa mère rentra de la superette où elle avait été faire quelques courses, elle trouva son fils avec le visage des mauvais jours.
- Bonjour, mon chéri, ça ne va pas ?
- Non !
- Viens me raconter tes malheurs.

- Papa, il aimait les chèvres et quoi d'autre ?

Aurore avait encore beaucoup de mal à parler du père de son fils. Elle soupira :

- Il aimait les montagnes, le calme...
- Et puis quoi d'autre ?
- Il disait toujours « un jour, j'irai vivre dans la vallée des Belleville... »
- C'est où, ça ?
- En Tarentaise. Et maintenant, va prendre ta douche, je vais préparer le repas.

Timothée monta dans sa chambre et consigna toutes les informations que sa mère lui avait données sur un cahier, le rangea soigneusement dans son bureau et alla prendre sa douche.

Au moment du repas, il essaya bien de remettre la conversation sur son père, mais, comme d'habitude, sa mère coupa court à ses questions.

Tim était habitué aux humeurs de sa maman. Il l'avait toujours connue triste ; rares étaient les fois où elle souriait, tout avait l'air d'être effort pour cette femme. Elle avait perdu le goût de vivre en même temps qu'elle avait perdu le père de son fils. Ce dernier n'avait pas eu le temps de le reconnaître, il était parti avant sa naissance. Depuis, elle survivait pour son fils mais plus jamais elle n'avait regardé un autre homme et pourtant c'était une très belle femme, toute fine, presque maigre. Elle s'était raccrochée à Eric après une rupture douloureuse et après lui, il lui semblait que plus jamais elle ne pourrait être heureuse. Deux déceptions à la suite lui avaient fait comprendre qu'elle n'était pas faite pour le bonheur.

Les années étaient passées et Aurore n'avait jamais retrouvé la joie de vivre ; son fils était son seul rayon de soleil. Elle était fille unique et n'avait plus ses parents. Sans famille, elle vivotait, solitaire et dépressive.

Sa mère n'ayant bien souvent le courage de rien, Timothée prenait en charge beaucoup de choses ; régulièrement, il cuisinait, faisait les lessives, passait l'aspirateur. Cette vie ne lui pesait pas plus que ça ; il était simplement étonné, quand il allait passer des après-midis chez Jules ou Tommy, de les voir plaisanter et rire avec leur mère.

Timothée eut du mal à trouver le sommeil ce soir-là ; il cherchait un moyen de retrouver son père. Soudain il eut une idée ; comment n'y avait-il pas pensé plus tôt ! Il allait regarder sur le bottin téléphonique de sa mère, chercherait dans la vallée des Belleville toutes les personnes qui se prénommaient Eric ; il les appellerait et leur demanderait si elles avaient des chèvres. Puis quand il aurait trouvé cet homme, son père, il noterait l'adresse et lui écrirait.

Il lui dirait la tristesse de sa mère, il lui expliquerait qu'il fallait revenir, qu'il n'en pouvait plus, lui Tim, de n'être le fils de personne. Sûr que son père comprendrait et reviendrait. Satisfait de son idée, Timothée s'endormit avec un sourire sur les lèvres.

Le lendemain, en rentrant de l'école, le garçon mit son plan à exécution ; il s'installa à son bureau, prit l'annuaire, son cahier, et patiemment, releva tous les numéros des « Eric ». Il élimina les « Eric » des villes.

Pour Timothée, son père ne pouvait vivre qu'à la campagne, au milieu des chèvres. Il trouva vingt-sept noms, attendit que sa mère sorte faire des courses et commença à les appeler un par un en leur demandant s'ils avaient des chèvres.

Tim eut toutes sortes d'accueils, certains ne lui répondaient même pas et raccrochaient immédiatement, d'autres lui disaient de s'occuper de ses affaires. Un Eric, très gentiment, lui expliqua qu'il aurait adoré mais qu'il était âgé de quatre-vingt-six ans et qu'il était trop vieux pour s'occuper de chèvres. Quatre d'entre eux lui dirent qu'ils avaient des vaches et enfin un lui répondit qu'effectivement il avait quelques chèvres et lui demanda pourquoi il lui posait cette question. Timothée avait bien évidemment préparé une réponse :
- C'est pour l'école, Monsieur, on doit faire un exposé sur les chèvres mais je n'y connais rien et je n'ai pas internet.

- C'est bien, petit, pose-moi tes questions et j'y répondrai avec plaisir.
- C'est-à-dire que je n'ai encore rien préparé, j'attendais de trouver quelqu'un de sympa qui veuille bien me répondre. Le problème, c'est ma mère...
- Oui, et quel est le problème avec ta maman ?
- Ben, le téléphone, c'est cher ! Maman va râler ! Je ne pourrai pas plutôt vous écrire et vous me répondrez aussi par lettre ?
- Si tu veux. Mais ta mère est d'accord ?
- Oui, oui...
- Dis-moi, comment t'appelles-tu ?
- Timothée...

- Bon, Timothée, tu as de quoi noter, je te donne mon adresse ?
- Oh oui, M'sieur, vous êtes très gentil !
- Eric Bernard, comme le prénom.
- Avec un « D » à la fin ?

L'homme acquiesça et lui donna son adresse. Tim le remercia de nouveau et raccrocha, un sourire aux lèvres.

Ce soir-là, le jeune garçon imagina tout ce qu'il pourrait raconter à Eric et s'endormit, heureux.

Chapitre 2

Son chien, Sam, couché près de lui, Eric était assis sur son perron, une cigarette à la bouche, il admirait le paysage tout en pensant au jeune garçon ; son appel l'avait intrigué. Il avait senti dans la voix de Tim comme une prière et il n'avait pas eu le cœur à l'envoyer paître. Que lui voulait-il exactement ? Car Eric sentait bien que l'enfant ne lui disait pas la vérité. Bah, il verrait bien quand il recevrait sa lettre ! Il se replongea de nouveau dans la contemplation du paysage, un bien-être l'envahissait quand il voyait ces magnifiques montagnes, ces grandes prairies…

L'homme ne regrettait pas d'avoir tout quitté pour venir élever des chèvres en Tarentaise. Certes, il gagnait beaucoup moins d'argent, mais qu'était la richesse quand on possédait la liberté, qu'on vivait la vie dont on rêvait. Eric avait un grand potager ainsi qu'un magnifique verger qu'il entretenait avec passion et le mardi, il descendait à Moûtiers vendre ses fruits, ses légumes et ses fromages de chèvre. La solitude ne lui pesait pas. Il avait une petite amie, Raphaëlle, qui était institutrice à Moûtiers ; elle le rejoignait dans sa maison de montagne presque chaque week-end, ils étaient bien ensemble mais chacun appréciait sa tranquillité et son chez-soi. La jeune femme, âgée de trente-cinq ans, était brune, à l'inverse de son ex-femme, Elsa, qui était blonde. Tout les différenciait ; Raphaëlle était gaie, spontanée, heureuse d'un rien, simple, tandis qu'Elsa était superficielle et voulait toujours plus. Eric avait été bêtement séduit par sa beauté et n'avait pas vu qu'elle n'aimait que l'argent. Il l'avait épousé, fou d'amour, mais il avait vite compris qu'ils n'avaient rien en commun. Elsa était une citadine et ne pensait qu'à sortir alors que lui aimait rester tranquille, au calme chez eux, après une journée passée à la banque où il exerçait son métier de conseiller financier. Son père, banquier lui-même, l'avait poussé dans cette voie alors qu'il rêvait de travailler en pleine nature. Ses meilleurs souvenirs d'enfance et d'adolescence étaient les vacances qu'il avait passées chaque été chez ses grands-parents dans la vallée des Belleville, entouré de montagnes, au milieu des chèvres.

Là-haut, il avait appris à jardiner, à greffer des arbres, à aimer la terre, à faire des fromages de chèvre, à prendre le temps de vivre, tout simplement. Quand son grand-père, suivant de peu sa grand-mère, était décédé, Eric avait hérité de leur maison et il n'avait eu de cesse d'y habiter. Elsa n'avait pas voulu en entendre parler et ils avaient divorcé. Puis il avait démissionné, acheté quelques chèvres, pris un chien de berger, travaillé dur et enfin, il avait eu cette vie dont il avait tant rêvé. Son seul regret avait été de ne pas avoir eu d'enfant mais Elsa n'en avait pas voulu, trop de contraintes, disait-elle.

Puis le temps avait passé, il n'avait plus jamais aimé suffisamment quelqu'un pour lui faire un petit et à quarante-neuf ans maintenant, il était bien trop tard pour être père. Quant à Raphaëlle, qu'il avait rencontrée lors d'un bal de village voilà maintenant deux années, elle ne pouvait pas avoir d'enfant et se consolait en s'occupant de ceux de l'école.

Eric soupira, entra dans sa maison, but un café, le moral un peu bas d'avoir ressassé son passé. Il prit son portable et composa le numéro de Raphaëlle :

- Bonsoir, Raphie, c'est Eric.

- Bonsoir, tu as une petite voix…

- Je n'ai pas trop la forme ce soir… Figure-toi qu'un gamin m'a téléphoné aujourd'hui…

Et Eric lui rapporta leur conversation téléphonique.

- C'est bizarre, effectivement. Et tu vas lui répondre s'il t'écrit ? lui demanda-t-elle.

- Je pense, oui. Tu crois que je ne devrais pas ?

- Je ne sais pas, attends sa lettre et tu verras bien à ce moment-là.

Le couple discuta encore un moment et Eric raccrocha, fatigué ; la journée avait été forte en émotions pour lui qui menait une vie si tranquille.

Il alla se coucher avec un vague sentiment d'insatisfaction ; ce gamin avait réveillé en lui le regret de ne pas avoir d'enfant.

Chapitre 3

Timothée était assis devant sa feuille blanche, ne sachant comment commencer sa lettre.
Il l'écrivit, la jeta, la recommença puis finalement les mots se couchèrent sur le papier tout simplement.
Eric s'occupait de ses poules quand le facteur, Jean de son prénom, l'apostropha :
- Bien le bonjour, Eric ! J'ai une lettre pour toi ! Une, écrite à la main, ça devient rare ! De mon

temps, les gens écrivaient mais maintenant avec le téléphone, il n'y aura bientôt plus besoin de facteur !

- Bonjour, Jeannot ! Ne t'inquiète donc pas ! Du courrier, il y en aura toujours ! Viens donc boire un coup !

- Ce n'est pas de refus ! Je suis tout fatigué avec cette chaleur !

Le vieux facteur s'installa à la table en bois qu'Eric avait faite, et ce dernier lui servit un verre de vin blanc car, comme dans bien des coins de Savoie, c'était la coutume. Eric regarda la lettre que le vieil homme avait posée sur la table ; il était évident que c'était celle du jeune Timothée.

- Tu ne l'ouvres pas, gars ?

- Non, je regarderai ça tout à l'heure…
- Et ben, t'es pas curieux ! Qui peut bien t'écrire ?
- Je ne sais pas, Jean… Dis-moi, comment va ta femme, ajouta Eric pour changer de sujet.
- Oh, la Maria, elle va pas mal, toujours à me faire la vie parce que je m'arrête chez les copains !

Les deux hommes discutèrent un moment et le facteur reprit sa tournée. Eric se retrouva enfin seul, il ouvrit soigneusement la lettre, curieux malgré lui.

Monsieur,

Je vous ai téléphoné et vous avez été très gentil de me répondre ; ça m'a fait vraiment plaisir car les autres personnes n'ont pas été très sympas avec moi.

Alors voilà, je dois faire un exposé sur les chèvres mais moi, je n'y connais rien et j'aimerais bien que vous m'appreniez plein de choses. Par exemple ce qu'elles mangent, ce qu'elles font toute la journée et à quoi ça sert.

Merci monsieur,

Tim

Eric souriait, ce petit garçon ne devait effectivement pas trop s'y connaître en animaux de ferme pour demander à quoi servait une chèvre ! Il eut envie de lui répondre tout de suite.

Bonjour Timothée,
C'est avec plaisir que je réponds à ta lettre.
Tu vois, Tim, les chèvres, d'abord il faut les aimer ! Et puis tous les matins, avec mon chien, Sam (c'est un chien de troupeau, un border collie), je les emmène en champs. Elles mangent de l'herbe toute la journée et le soir, quand je les rentre, je les trais. Je récupère le lait pour faire des fromages que je vends sur le marché de Moutiers, le mardi.
As-tu déjà mangé des crottins de chèvre, Tim ? C'est le nom que l'on donne à ces petits fromages ronds,

il y en a des frais, des secs, des demi-secs et je fais aussi de petites tomes.
Parle-moi un peu de toi, mon garçon, dis-moi si tu as des amis, si tu aimes l'école...
A bientôt de te lire,
Eric

Eric mit la lettre dans une enveloppe, inscrivit dessus l'adresse que Tim avait écrite en haut de son courrier, la ferma et la laissa sur la table, bien en évidence afin de penser à la poster au plus vite. Sans qu'il sache pourquoi, d'avoir reçu une lettre lui avait mis du baume au cœur. Il vaqua à ses activités, un sourire aux lèvres.

Chaque jour, quand Timothée rentrait de l'école, il passait prendre le courrier, c'était ainsi depuis plusieurs années, Aurore n'y pensait tout simplement pas. Quand on n'attend plus rien de la vie, on n'attend pas le facteur…

Ce jour-là, Tim ouvrit la boîte aux lettres et y trouva la lettre d'Eric. Il l'espérait tant, sans vraiment y croire. Il la plia délicatement, la mit dans sa poche et amena le reste du courrier à sa mère ; il monta rapidement dans sa chambre, s'assit sur son lit et lut la lettre tant attendue. Un sourire se dessina sur le visage du jeune garçon ; Eric s'intéressait à son quotidien, lui posait des questions sur sa vie et l'appelait « mon garçon » ! Une joie profonde monta en lui, il lui semblait qu'enfin il allait retrouver son papa !

- Tim ! Viens mettre la table ! appela sa mère.

Le jeune garçon cacha la lettre sous son oreiller et descendit les escaliers en courant, tout sourire.

- Hé bien, mon fils, te voilà bien gai ! lui dit sa mère.

- Oui maman. Tu sais qu'à l'école on étudie les chèvres ? J'aimerais bien qu'un jour on aille en voir pour de vrai !

- Oui, hé bien, on verra. Mets donc la table !

Timothée s'exécuta et ils dînèrent sans un mot ; sa mère restait enfermée dans son éternel mutisme mais Tim n'en souffrait pas, aujourd'hui ses pensées vagabondaient dans les hautes montagnes de Savoie...

Chapitre 4

Ce matin-là, Timothée se sentait fort, bientôt, il ne serait plus celui que l'on nommait le bâtard. Quelque part, au milieu des montagnes, se trouvait, sans doute, son père. Pas un instant, l'enfant ne douta être le fils d'Eric Bernard. Un jour, c'était sûr, sa famille serait réunie ! Le jeune garçon raconta à ses deux amis qu'il avait retrouvé son papa. Il leur expliqua comment il avait procédé, enjoliva un peu les mots d'Eric ; Jules et Tommy en furent, à leur tour, convaincus. Ce fut leur secret et, au fil des jours, leur principal sujet de conversation.

Quand Eric vit arriver le vieux facteur de la vallée, un grand sourire se dessina sur son visage, il fut certain que Jean lui amenait une lettre de Tim.

- Bien le bonjour, gars ! Tu as encore une lettre comme celle de l'autre jour ! Elle vient de la ville, qui c'est-y donc qui t'écrit ?

Le facteur était comme ça, nature, et n'hésitait pas à questionner ceux qu'il desservait. Il connaissait tout de tout le monde. En montagne, le facteur servait souvent de confident aux personnes seules, il lui arrivait de faire une course pour une personne âgée, de donner un coup de main, il était apprécié et attendu par nombre d'habitants ! Eric sourit et lança :

- C'est un gamin de la ville...

- Et qu'est-ce qu'il te veut à t'écrire comme ça ?

- Il s'intéresse aux chèvres...

- Ben, pourquoi ?

Eric répondit par une question, dans l'espoir que le vieil homme cesse son interrogatoire :

- Tu bois un petit coup de blanc, Jeannot ?

- Je veux bien, petit, c'est-y que je suis plus tout jeune et je me déshydrate vite ! A la télévision, ils disent qu'à mon âge, avec cette chaleur, il faut boire souvent ! On est fin septembre et on se croirait en juillet, ce temps est tout « fada » !

Eric sourit. Ce facteur était un phénomène à lui tout seul ! Les deux hommes s'attablèrent, Eric leur servit à boire. Jeannot, tout naturellement, reprit une ancienne conversation que les deux hommes avaient fréquemment et qu'Eric esquivait toujours.

- Mon gars, pourquoi tu l'épouses pas, la Raphaëlle ? C'est une belle femme, elle te ferait de beaux petits. Tu ne vas pas rester habiter ici, tout seul, comme un sauvage !

- Arrête avec ça ! Tu me le répètes toutes les semaines !

- Ben oui, mais t'écoutes rien aux conseils des anciens !

- Ecoute, Jeannot, j'ai déjà été marié et ce ne fut pas concluant et avec Raphaëlle, on est heureux comme ça ! Cette vie nous convient parfaitement, alors s'il te plait, cesse de vouloir me marier ! le coupa-t-il un peu sèchement.
- Comme tu voudras, mon gars, répondit le facteur, un brin vexé.
Eric se rendit compte qu'il avait été un peu dur avec le vieil homme, aussi ajouta-t-il en souriant :
- C'est gentil à toi de t'inquiéter mais j'ai bien trop mauvais caractère pour qu'une femme me supporte au quotidien !
Jeannot éclata de rire et répondit :
- Allez, tu as bien raison, les femmes, ça fait rien que nous engueuler ! Il se leva et ajouta :

- C'est pas le tout, mais j'ai encore du boulot, moi ! A bientôt.
- Salut, Jeannot, merci et bonne journée.

Dès que le facteur eut tourné les talons, Eric s'empara de la lettre, s'installa sur le vieux rocking-chair et put enfin savourer la réponse de Timothée.

Bonjour Eric (je pense que je peux vous appeler par votre prénom vu que vous signez comme ça)
Votre lettre m'a fait très plaisir, c'est la première fois que je reçois du courrier à mon nom. Ca doit être trop bien d'être facteur, les gens vous accueillent comme un roi tellement ils sont contents d'avoir une lettre ! Moi je le vois pas

souvent le facteur car je suis à l'école quand il passe mais quand je suis en vacances, je le guette au cas où j'aurais du courrier pour moi, mais ce n'était jamais arrivé avant aujourd'hui. Vous aimez bien, vous, avoir des lettres ?

Eric interrompit sa lecture, sourit ; ce jeune garçon était très spontané. Finalement il connaissait bien peu les enfants, pourtant Raphaëlle lui racontait souvent des anecdotes de l'école.
Il eut à nouveau un pincement au cœur, il aurait tellement aimé en avoir, il aurait eu tant à partager avec eux. Il alluma une cigarette, laissa ses pensées divaguer. Il regarda la montagne au loin,

imagina des gamins courir dans la descente en poussant des cris de joie. Non, il ne souffrait pas de solitude mais il y avait ce manque au fond de lui. Et il savait que, rien, jamais, ne comblerait ce vide. Il soupira puis reprit sa lecture.

Vous me demandez de vous parler de moi ; alors voilà, j'ai neuf ans, je suis en CM1. J'aime assez bien l'école même s'il y a un CM2 qui m'embête tout le temps en récréation. Sinon j'ai deux supers copains, Jules et Tommy et quelques fois ils m'invitent chez eux et j'aime bien. Ils ont des mamans trop cool qui font de très bons gâteaux. Maman, elle, elle en fait jamais, elle dit qu'elle n'a pas le goût, qu'il lui faut déjà vivre et que c'est déjà bien assez dur comme ça. Tu sais, maman, elle est toujours triste.

Eric remarqua que Tim alternait le tutoiement et le vouvoiement au fil des mots et des émotions.

Et sinon, vous en avez combien des chèvres ?
Non je n'ai jamais mangé des crottins en fromage et je n'en ai jamais vu. Peut-être, que, si un jour on passe vers chez vous, vous m'en ferez goûter ?
Merci pour les renseignements sur les chèvres, ça m'aide bien. Et si vous avez encore des choses à m'apprendre sur elles, dites-les-moi.

J'attends votre réponse avec impatience,
Tim

Mille questions habitaient les pensées d'Eric : pourquoi sa mère était-elle toujours triste, pourquoi ne parlait-il pas de son père, pourquoi guettait-il le facteur, qui était ce CM2 qui l'embêtait ? Eric décida de répondre immédiatement à Timothée. Il alla chercher de quoi écrire et s'attabla sous le vieux pommier, à l'ombre. Un vent léger soufflait, il était bien. Aussitôt ses mains coururent sur le papier et en un quart d'heure il eut fini sa lettre. Bizarrement cette correspondance lui donnait du bonheur et il avait déjà hâte de lire le jeune garçon.

Chapitre 5

Timothée, allongé sur son lit, ouvrit la lettre qu'il venait de recevoir.

Salut Tim,
A moi aussi, tes lettres me font plaisir ; elles égayent mes journées et je me surprends aussi à guetter le facteur. Oui, c'est un beau métier que facteur ; il est le lien entre nous et ceux que l'on aime.

Bien sûr que tu peux m'appeler Eric et tu peux également me tutoyer si tu en as envie.

Si tu viens un jour jusqu'à chez moi, c'est avec un grand plaisir que je te ferai goûter mes fromages et que je te montrerai mes chèvres. J'en ai une trentaine et si tu viens au printemps, tu verras des chevreaux. Les chèvres, mon petit, elles aiment rien tant que courir et escalader dans la montagne.

Dis-moi, Tim, que fait le grand de CM2 pour t'embêter ? J'ai une amie, institutrice à Moûtiers et elle m'a dit qu'il y avait souvent des petites disputes entre les élèves. Il ne faut pas y attacher trop d'importance.

Je suis content que tu aies des vrais copains. Tu sais, les amis, c'est très

important ; ils sont là dans les bons et les moins bons moments. Tu me dis que ta maman est souvent triste, peut-être a-t-elle des soucis, la vie n'est pas non plus toujours facile pour les adultes.
Je vais te laisser pour aujourd'hui et moi aussi j'attendrai ta lettre avec impatience.
A très vite de te lire,
Eric

Timothée serra la lettre contre son cœur. Il était tellement heureux, Eric s'intéressait à lui, à sa vie et il était d'accord pour le rencontrer et lui montrer ses chèvres. Il lui répondit immédiatement.

Eric,

C'est vraiment super que l'on se tutoie ainsi c'est comme si l'on se connaissait.

Si ma maman est toujours triste ce n'est pas parce qu'elle a des problèmes d'adulte, comme tu dis, mais parce que mon père est parti avant que je naisse et que l'on est tout seuls tous les deux. Et tu vois c'est à cause de ça que le CM2 m'embête. Il m'appelle « le bâtard, le fils de personne » et c'est la honte.

Dis-moi Eric, tu abandonnerais ta femme et ton fils, toi ? Je n'arrive pas à comprendre qu'on puisse faire une chose pareille !

Oh oui, j'aimerais beaucoup venir au printemps voir tes chèvres et

leurs chevreaux, il faudra que j'en parle à maman.
Tim

Quand Eric eut fini de lire la lettre du jeune garçon, il était bouleversé. Ce gamin n'avait pas de père et ça ne devait pas être facile tous les jours. Il se dit que la vie n'était pas toujours bien faite, lui qui rêvait d'avoir un enfant n'en aurait jamais et Tim, lui, n'avait pas de père.
En ce début octobre, les soirées commençaient à être fraîches, Eric fit une petite flambée, il se prépara à manger, mais le cœur n'y était pas, il pensait sans cesse à tout ce que Timothée lui avait écrit. Comment pouvait-on abandonner son enfant ? Au fil des lettres, Eric

s'était attaché à ce môme, et il avait de la peine pour lui. Il s'installa à la table de la cuisine et tel un élève appliqué, sortit son papier à lettre, son stylo bleu et commença à écrire.

Mon cher Tim,
Ta lettre m'a beaucoup touché. Non, je n'aurais jamais abandonné mon enfant, j'aurais tellement aimé en avoir, mon plus grand regret est de ne pas être père. Ne juge pas trop vite le tien et si un jour il revient, surtout, écoute ses explications et après seulement tu décideras si tu lui pardonnes ou pas. Tu sais, dans la vie, parfois, on ne fait pas toujours ce que l'on veut. Ne sois pas en colère contre lui, la

colère est mauvaise conseillère. N'écoute pas le grand qui te traite de bâtard, tu es forcément le fils de quelqu'un. Sois plus intelligent que ce CM2 et ignore-le. Ce sera ta force et si tu ne lui réponds pas, il se lassera.
Oui, au printemps, on s'organisera afin que toi et ta maman, vous puissiez venir à la maison voir les animaux. Tu verras comme la montagne est belle par chez nous.
A bientôt,
Eric

Timothée tenait la lettre d'Eric entre ses mains, des larmes ruisselaient sur son visage ; il pleurait ce père qui ne le connaissait pas, il pleurait parce que, à travers les mots d'Eric, il comprenait que ce dernier ne savait pas qu'il avait un fils du côté de Chambéry. Mais lui, il savait qu'Eric était son papa, il le sentait au plus profond de son être. Si Eric regrettait de ne pas avoir d'enfant, sûr qu'il aurait été heureux de l'avoir, lui ! Mais pourquoi l'ignorait-il ? Sa mère le lui aurait-elle caché ? Que la vie est compliquée, pensa-t-il. Timothée sécha ses larmes. Il était partagé entre l'envie de dire à sa mère qu'il avait enfin retrouvé son père et la peur d'être puni et qu'elle lui interdise de lui écrire. Il jugea donc plus prudent de garder ce secret encore quelque temps.

Chapitre 6

Ce soir-là, comme tous les vendredis soirs, Eric recevait Raphaëlle pour le week-end. Il avait préparé une salade du jardin servie avec des toasts aux fromages de chèvre que son amie appréciait particulièrement et une omelette aux champignons. Il aimait ce moment où il attendait le retour de son amie ; il dressait, avec plaisir, une jolie table, préparait le repas en fonction de ses goûts à elle. Quand tout fut prêt, qu'il n'y eut plus qu'à cuire l'omelette, il se vêtit chaudement, s'installa sur le vieux rocking-chair, alluma une cigarette et laissa ses pensées vagabonder : et si Jeannot avait raison ? Ne serait-il pas plus heureux si Raphaëlle habitait avec lui ? C'est vrai que ça serait agréable d'être accueilli quotidiennement par une gentille petite femme. Et puis, à quoi bon construire tout ça si ce n'était pas pour le partager avec quelqu'un ?

Cette solitude qu'il s'infligeait, lui plaisait-elle vraiment ?

Eric songea que depuis qu'il correspondait avec Tim, toute sa vie était remise en question ; cet enfant réveillait en lui une envie de vie de famille qu'il avait soigneusement enfouie au fond de lui.

Ce soir, c'était décidé, il parlerait à Raphaëlle, il lui expliquerait qu'il l'aimait suffisamment pour partager sa vie, qu'il avait besoin d'être avec elle chaque jour que Dieu faisait. Oui, et ils allaient être très heureux même si aucun enfant ne naissait de cette union.

Raphaëlle arriva sur le coup des dix-huit heures, le sourire aux lèvres comme d'habitude. Elle se jeta dans les bras d'Eric, heureuse de retrouver son amoureux. Eric apprécia cet élan d'amour à sa juste valeur ; il n'avait jamais connu ces manifestations de tendresse avec son ex-femme. Il faisait frais mais Raphaëlle proposa une petite

balade ; elle avait besoin de décompresser après une semaine passée en ville avec les enfants. Main dans la main, devancés par Sam, ils avancèrent sur le sentier qui courait le long du bois. Eric parla de la dernière lettre de Tim, il y avait senti une telle détresse. Raphaëlle le mit en garde de ne pas trop s'attacher à ce gamin car finalement, il ne le connaissait pas.
- Pas besoin de rencontrer les gens pour les connaître, on en apprend parfois plus à travers les mots...
Et ce petit, avec tout ce qu'il m'a raconté, je le connais très bien.
- Oui, peut-être, répondit-elle, un peu dubitative.
Le silence s'installa entre eux et la jeune femme se demanda si elle

n'avait pas vexé son ami. En réalité, Eric était perdu dans ses pensées, il se demandait s'il ne vivait pas un peu trop isolément pour en être réduit à s'inquiéter d'un môme qu'il n'avait jamais rencontré. Il lui arrivait de rester des jours sans voir, ni parler à personne.

- Je suis content que tu sois là, murmura-t-il à Raphaëlle.

D'abord surprise par cet aveu dont elle n'avait pas l'habitude, elle répondit en souriant :

- Je suis ravie aussi d'être là !

Eric posa furtivement un baiser sur les lèvres de la jeune femme et déclara :

- Allez, rentrons manger.

Le couple fit demi-tour et parla de choses et d'autres.

Après avoir dîné, ils regardèrent un film puis allèrent se coucher. Ils s'aimèrent avec tendresse, puis, fatigués mais heureux, ils restèrent enlacés. Eric pensa que c'était le bon moment pour proposer à son amie de venir habiter avec lui. Il lui parla donc de ce qu'il avait décidé aujourd'hui, attendant des cris de joie qui ne vinrent pas. Devant le silence de Raphaëlle, il s'inquiéta :
- Tu ne dis rien ?
- Que veux-tu que je te dise, Eric ? répondit-elle tristement. Cela fait si longtemps que j'attends ces paroles, je t'en ai parlé plusieurs fois mais tu ne savais répondre que c'était mieux ainsi, chacun chez soi et que, comme cela, on serait toujours heureux de se retrouver. Et

maintenant, pour je ne sais quelle raison, tu changes d'opinion ; mais, Eric, je travaille à vingt-cinq kilomètres d'ici, l'hiver, les routes y sont quasi impraticables, il aurait fallu que je demande ma mutation à Saint-Martin de Belleville mais quand je t'en ai parlé, tu n'étais pas du tout enthousiaste et je me demande ce qui a bien pu te faire changer d'avis...

- J'ai envie d'avoir une vie de famille...

- Une vie de famille ? Mais tu sais que je ne peux pas avoir d'enfant, et cette famille dont tu parles, jamais je ne pourrai te la donner.

A mesure que Raphaëlle parlait, son ton montait et elle avait du mal à garder son calme. Eric ne l'avait jamais vue s'emporter ainsi.

- Est-ce que tu t'es déjà demandé ce que, moi, je voulais ? continua-t-elle. Non, ça a toujours été comme toi tu as voulu ! Je t'aime, Eric, et c'est pour cela que je n'ai jamais rien dit, déjà bien contente que tu veuilles de moi alors que je ne peux te donner cet enfant dont tu avais tellement envie ! Et aujourd'hui, tu me proposes de vivre avec toi, mais pourquoi ?

- Je suis désolé, ma chérie, je ne me suis pas rendu compte comme j'ai été égoïste. Je te demande pardon. Je t'aime, que tu ne puisses pas avoir d'enfant ne change rien à mes sentiments.

- …

- Est-il trop tard pour faire une demande de mutation ? As-tu encore envie de vivre avec moi ?
- Oui, j'en ai encore envie mais ça ne sera pas avant fin juin, le temps que je termine mon année scolaire et seulement si ma demande est acceptée…
- Pardon, ma chérie, dit-il en la serrant plus fort dans ses bras. Je suis tellement désolé…
- Ce qui est fait, est fait, n'en parlons plus.
Le couple, enfin apaisé, fit des projets pour leur future vie commune.

Chapitre 7

Tranquillement assis à sa place, Timothée regardait par la fenêtre, ses pensées allant vers les montagnes de la Tarentaise quand la voix du maître, Monsieur Milano, retentit :

- Timothée, si mon cours ne vous intéresse pas, vous pouvez toujours rentrer chez vous !

Brusquement ramené à la réalité, Tim vit tous les regards braqués sur lui :

- Pardon, Monsieur, je pensais à mon papa ...

Sachant que Tim n'avait pas de père, l'instituteur, gêné, bredouilla :

- Allez, ça ira pour cette fois. Donc j'étais en train d'expliquer que pendant les vacances de la Toussaint, je veux que vous me fassiez un exposé sur votre animal préféré.

Un grand sourire se dessina sur le visage du garçon ; il allait le faire cet exposé sur les chèvres et il l'enverrait à Eric et ça serait un peu comme si son père l'aidait pour ses devoirs ! Oh oui, comme il avait hâte ! Il lui semblait que tout le poussait vers Eric. Maman a raison quand elle dit que le destin dirige notre vie, pensa-t-il. La sonnerie retentit, interrompant son esprit vagabond. Monsieur Milano parla d'une voix forte afin de couvrir le brouhaha des enfants qui se précipitaient vers la sortie :

- Timothée ! Venez-là un instant, s'il vous plait.

- Oui, Monsieur ? demanda timidement le jeune garçon.

- Tout à l'heure, vous me disiez penser à votre père, voulez-vous m'en parler ?

- Non, merci, mais dès qu'il y a du nouveau, je vous dirai…

- Pourquoi y aurait-il du nouveau ?

- On ne sait jamais ce que le destin nous réserve, vous savez…

- Bien. Vous pouvez y aller, à demain.

- A demain, M'sieur ! répondit Tim en se dirigeant vers la sortie.

Sitôt arrivé chez lui, Timothée ne prit même pas le temps de goûter, il monta quatre à quatre les marches de l'escalier et s'attela à son exposé ; il était tellement impatient de montrer à Eric ce dont il était capable, comme il avait bien pris en compte toutes les informations que ce dernier lui avait données. Au bout d'une petite heure, le devoir était terminé. Le jeune garçon le recopia au propre, y joignit une petite missive, mit le tout dans une enveloppe et la rangea soigneusement dans son cartable afin de la poster dès le lendemain.

Eric était en train de fendre du bois quand il vit arriver le facteur, au loin. Le petit m'a déjà répondu, pensa-t-il satisfait. Il posa sa hache et se dirigea vers Jeannot :

- Salut, tu as du courrier pour moi, que tu montes jusqu'ici ?

En effet, la route s'arrêtait un peu plus bas et malgré la boîte aux lettres qu'Eric avait mise au début du chemin, le facteur venait souvent lui remettre le courrier en main propre.

- Oui, répondit Jeannot, essoufflé, et il lui tendit une grande enveloppe marron, c'est encore le même pour les chèvres ? Il t'écrit de plus en plus souvent !

- Oui, c'est un bon petit... Merci, dit-il, tu viens boire un coup ?

Et les deux hommes rentrèrent au chaud car le froid s'était installé subitement dans la vallée des Belleville. Eric lui apprit que Raphaëlle viendrait bientôt habiter avec lui.

- Tu vas l'épouser ? lui demanda Jeannot.

- Tu vas vite en besogne, dis donc, je n'y ai encore pas pensé... Il va déjà falloir qu'elle demande sa mutation ; elle ne peut pas faire le trajet jusqu'à Moûtiers chaque jour.

- Ben, l'instituteur de Saint-Martin prend sa retraite en juin, elle pourra sûrement avoir la place. Finalement, tu t'es enfin décidé à suivre mes conseils !

- Oui, Jeannot, tu avais raison, excuse-moi de t'avoir envoyé paître quand tu m'en parlais, je suis un imbécile !

- Mais non, tu es un gamin, tu ne sais pas ce qui est bien pour toi !

Eric éclata de rire :

- Le gamin va bientôt avoir cinquante ans !

- Ben, c'est bien ce que je dis, un gamin ! Tu verras quand tu auras mon âge !

- En tous les cas, merci Jeannot de m'avoir ouvert les yeux !

Les deux hommes bavardèrent encore un peu et le facteur prit congé. Eric saisit son enveloppe, l'ouvrit précipitamment, impatient de savoir pourquoi elle était si grande. Il y découvrit l'exposé sur les chèvres ; il le lut consciencieusement, le trouva très bien fait, très complet. Tim avait bien pris tous les renseignements qu'Eric lui avait donnés. Il fut fier du garçon, c'était vraiment un bon gamin ! Une lettre y était jointe, Eric la lut.

Eric,
Voici mon exposé, j'y ai mis tout ce que tu m'as appris, j'espère que je n'ai rien oublié sinon n'hésite pas à me le dire.
Tu sais, Eric, j'ai vraiment hâte de te connaître pour de vrai. Vivement ce printemps que je découvre la montagne et les chèvres.
A très vite,
Tim

Eric rangea soigneusement l'enveloppe avec les précédentes puis lui répondit.

Mon cher Tim,

Merci pour avoir partagé avec moi ton exposé. Il est très bien fait, je te félicite.

Dis-moi, quel temps fait-il à Chambéry ? Ici, le froid est arrivé et on sent l'hiver tout proche.

Bientôt je ne vais plus sortir les chèvres, elles se nourriront de foin que j'ai ramassé cet été.

Dis-moi, mon garçon, est-ce que le CM2 t'embête encore ? L'as-tu ignoré comme je te l'avais conseillé ?

Je te laisse, il est temps que j'aille préparer la soupe pour ce soir.

A bientôt,

Eric

Une semaine plus tard, Eric recevait une lettre de Tim, lui annonçant qu'il avait eu 16/20 à son exposé et que sa mère avait été très contente. Il le remerciait encore et Eric répondit que sa note était méritée, qu'il avait fait du bon travail.

Chapitre 8

Décembre était arrivé et avec lui, la neige avait fait son apparition. Eric ne se lassait pas de regarder les grandes étendues blanches. Sa vie se déroulait au ralenti quand l'hiver était là. Il en profitait pour faire de grandes balades en raquettes et le week-end, c'était souvent lui qui descendait à Moûtiers rejoindre Raphaëlle avec sa voiture tout-terrains car la jeune femme n'était pas trop rassurée de rouler sur la neige. Il passait beaucoup de temps à lire, il avait, chez lui, une grande bibliothèque que lui avait laissée sa grand-mère. Elle lui avait transmis la passion des livres et quand Eric allait rejoindre Raphaëlle, ils allaient souvent dans les deux librairies de la ville faire le plein de romans.

Les jours passaient tranquillement, la correspondance entre Timothée et Eric continuait ; ils apprenaient à se connaître… Tim avait suivi les conseils du montagnard et le gamin de CM2 ne l'embêtait plus. Le jeune garçon pensait que seul un père pouvait trouver des solutions aux problèmes d'enfants, mais un petit doute subsistait quand même dans l'esprit de Tim. Aussi, eut-il une idée. Il lui écrivit :

Eric,

J'espère que tu vas bien depuis ta dernière lettre, je suppose qu'il y a toujours de la neige chez toi. Ici, la neige a fondu depuis quelques jours ; il fait un superbe soleil. Tu connais Chambéry ? Moi, j'habite une toute petite maison à Cognin. C'est à côté de la ville mais c'est un peu plus calme. J'en ai marre de l'hiver, vivement le printemps.
A bientôt,
Tim

Quelques temps plus tard, il reçut du courrier d'Eric.

Mon cher Tim,
Oui, il y a encore de la neige par chez moi mais avec le beau soleil

que l'on a en ce moment, elle fond à vue d'œil.

Oui, je vais bien, merci. Et toi, mon grand ?

Bien sûr que je connais Chambéry, j'y suis né ! J'ai habité là-bas toute mon enfance puis j'ai trouvé du travail dans une banque et je me suis marié avec une chambérienne. Quand mes grands-parents sont décédés, ils m'ont légué leur maison où j'avais passé toutes mes vacances quand j'étais enfant. Avec ma femme, on ne s'entendait plus depuis longtemps alors plus rien ne me retenait à Chambéry, on a divorcé et je suis parti en Tarentaise. Voilà Tim, comme tu vois, moi aussi j'ai grandi en ville et je connais aussi très bien Cognin. J'y ai rencontré une femme peu de temps après mon divorce mais elle ne devait pas m'aimer assez pour me suivre dans les montagnes et moi je savais que ma vie était là-haut alors malgré mon amour pour elle, je l'ai quittée. J'avais besoin de calme, de nature et d'être dehors ; je n'ai rien d'un citadin. Voilà, tu sais tout de ma vie chambérienne !

Tu sais, chaque saison nous apporte quelque chose mais moi aussi j'ai hâte d'être au printemps, pour me mettre au potager, sortir de nouveau mes chèvres, voir la nature se réveiller de son long sommeil.

A très vite,

Eric

Tim n'en revenait pas, tout concordait ; s'il lui fallait encore une preuve de ce qu'il croyait, cette lettre en était une ! Tout s'expliquait. Eric avait rencontré sa mère et il était parti avant qu'elle ne sache qu'elle était enceinte et elle n'avait sans doute pas su le retrouver. Oui, mais lui, il y était arrivé ! Ils allaient être heureux quand ils se réuniraient tous les trois.

Chapitre 9

Le printemps arriva, avec ses belles couleurs, ses chants d'oiseaux, ses journées qui grandissaient. Chaque week-end, Raphaëlle ramenait quelques affaires de chez elle. Eric était heureux de ce changement et il lui avait laissé toute liberté pour décorer sa maison à son goût. Il voulait qu'elle se sente vraiment chez elle. Sa mutation était en bonne voix car comme l'avait prédit le facteur, l'instituteur prenait sa retraite à la fin de l'année scolaire. Souvent le couple parlait de Timothée, de la visite qu'il leur ferait avec sa maman. Raphaëlle était un peu inquiète quand elle voyait comme Eric s'était attaché à cet enfant ; certes il était devenu plus ouvert, plus démonstratif mais elle avait peur qu'une fois la visite du jeune garçon faite, ce dernier en oublie Eric. Son ami ne s'en remettrait pas, elle en était sûre, inconsciemment ce gamin remplaçait un peu l'enfant qu'il n'avait pas eu.

Timothée avait tout prévu. Il avait pris quelques euros à chaque fois qu'il avait été faire des courses pour sa mère et avait amassé suffisamment d'argent pour prendre le train jusqu'à Moûtiers. Ensuite il ferait du stop jusque chez Eric et quand ce dernier le verrait arriver, il préviendrait sa mère ; elle viendrait le chercher, ils se reconnaitraient et enfin, ils seraient heureux tous les trois ! Bien sûr, Timothée avait mis ses deux meilleurs amis dans la confidence mais leur avait fait promettre de ne rien révéler à personne. Il avait choisi d'y aller un vendredi ainsi ils auraient tout le weekend pour se retrouver. Le jeune garçon envoya une lettre à Eric pour le prévenir du jour de son arrivée ; ce dernier lui répondit qu'il serait chez lui et qu'il les attendrait. Quand le grand jour arriva, Timothée prépara quelques affaires dans son sac à dos et au lieu de partir à l'école, prit le chemin de la gare. Sa mère était déjà partie au travail et il n'eut pas à cacher son sac. Il avait pris son billet quelques jours auparavant à une borne de la gare et tout se passa bien dans le train. Il s'assit près d'une vieille dame, ainsi les contrôleurs ne se demanderaient pas ce que faisait cet enfant tout seul. D'un naturel sociable, il engagea la conversation avec elle et le voyage se passa sans encombre. Arrivé en gare de Moûtiers, il proposa même à la mamie de porter son gros sac. Ravie, la grand-mère accepta et ils sortirent ensemble de la gare sans que personne ne prête attention à Timothée. Arrivée sur le bord de la route, elle lui demanda où il allait, si quelqu'un venait le chercher. Tim mentit effrontément :

- Je vais voir mon père, Eric Bernard, mais il m'a dit de faire du stop jusqu'à chez lui car sa voiture est en panne.

A cet instant, une voiture se gara près d'eux et une dame en sortit :

- Bonjour, maman. Tu as fais bon voyage ?

- Oui, répondit la vieille femme, ce jeune garçon m'a tenu compagnie et m'a porté mon sac jusqu'ici. Peut-on l'emmener jusqu'à Saint-Martin, son père ne peut pas venir le chercher.

- Oui, bien sûr. Monte, petit.

- Merci, madame, c'est très gentil à vous. La dame sourit et démarra.

- Qui est ton père, petit ?

- Eric Bernard, madame.

- Mais... Il n'a pas d'enfant... répondit-elle étonnée.

- Si, moi ! Mais avant, il ne le savait pas. On vient tout juste de se retrouver...

- Et comment vous êtes-vous retrouvés ?

- Sur internet. Quand il est parti de Chambéry, ma mère ne savait pas qu'elle était enceinte et du coup, elle n'a pas pu lui dire, vous comprenez ?

- Oui... Je vais t'emmener jusqu'en bas de chez lui sinon tu n'es pas encore arrivé ! Ce n'est pas tout près de Saint Martin, tu sais.

- Merci, madame, vous êtes bien aimable.

- Et toi, bien poli, répondit-elle en souriant. Décidément cet enfant est bien élevé, pensa-t-elle.

Aurore rentra chez elle de bonne heure ce jour-là. Elle était fatiguée, mais n'était-elle pas toujours fatiguée, la semaine comme le week-end ? Elle ne se rappelait plus la dernière fois où elle avait fait quelque chose avec entrain. Un papier sur la table attira son attention, c'était un mot de son fils.

Maman,
Ne sois pas fâchée que je ne sois pas allé à l'école aujourd'hui mais tu verras, tu vas avoir une très belle surprise et après tu ne seras plus jamais triste !

Surtout garde bien ton téléphone près de toi.
Bisous
Tim qui t'aime

Jamais Aurore n'oublierait cette sensation d'impuissance qui l'envahit soudain. Où était son fils ? Comment le joindre ? Surtout ne pas paniquer, réfléchir calmement. De quoi lui avait-il parlé ces derniers temps ? De rien. Pourquoi lui aurait-il parlé ? L'écoutait-elle ? Non. Elle était murée dans sa peine et même son fils n'y avait pas de place.
Elle appela l'école qui lui confirma que Tim avait bien été absent aujourd'hui. Aurore sortit complètement paniquée et se dirigea vers le commissariat.

Chapitre 10

- Te voilà arrivé, jeune homme. Tu continues le chemin, tu ne peux pas te tromper, il n'y a qu'une maison au bout.
- Merci encore, au revoir, madame.
Timothée regarda autour de lui. C'était magnifique ; exactement comme Eric le lui avait décrit. Le garçon marcha quelques minutes et vit enfin la maison. Son cœur battait la chamade. Il voyait un homme qui fendait du bois. Sûrement son père. Il courut en criant « Eric ! Eric !»

Le montagnard leva les yeux, un grand sourire illumina son visage, il n'eut que le temps d'ouvrir les bras, le jeune garçon se précipita contre lui et le serra très fort.

- Papa, Papa, je t'ai enfin retrouvé !

Eric en eut le souffle coupé, mais que racontait Timothée ?

- Tim, je ne suis pas ton père, lui dit-il, en détachant les bras qui le ceinturaient.

- Mais si ! J'ai toutes les preuves !

- Viens t'asseoir, mon garçon et raconte-moi. De quelles preuves parles-tu ?

Avec un grand sourire, sûr de son effet, l'enfant raconta à Eric comment il l'avait cherché parce qu'il en avait marre d'être traité de bâtard. Comment, avec le peu de renseigne-ments que sa mère lui avait donné, il avait mené une enquête et enfin, la femme de Cognin qu'Eric avait aimée. Elle avait été enceinte de lui mais sûrement ne le savait pas quand il était parti dans ses montagnes et c'est comme ça qu'il avait grandi sans père et que sa mère était triste. Mais c'était fini, maintenant ils allaient être heureux tous les trois !

Abasourdi, Eric en bégayait :

- Mais... Mais...

- Tu es content ? demanda Tim.

- Ecoute, Timothée, j'aurais bien aimé être ton père mais ce n'est pas moi...

- Je ne te plais pas comme fils ? le coupa l'enfant, regarde, je suis brun, j'ai le teint mat, tout comme toi !

- Tim, calme-toi, le coupa Eric. Je ne peux pas être ton père car j'ai quitté Chambéry il y a quinze ans et je n'y ai jamais remis les pieds depuis.

- Mais ce n'est pas possible, non, ce n'est pas possible… sanglota le jeune garçon.

Eric le prit contre lui, et murmura :

- Je suis désolé, mon petit, vraiment désolé… Mais si j'avais eu un fils, j'aurais aimé qu'il soit comme toi.

Mais rien n'arrêtait les larmes de Timothée. Il y avait tellement cru, il en était tellement sûr et c'était comme s'il était condamné à n'avoir jamais de père. Alors, ainsi, il resterait toujours un bâtard ?

Eric le berçait contre lui, tout en murmurant « laisse-toi pleurer, petit, laisse-toi pleurer… »

Quand Timothée fut un peu calmé, le montagnard lui demanda :

- Ta mère, elle est où ? Elle sait que tu es là, au moins ?

L'enfant secoua la tête de droite à gauche.

- Mon Dieu, mais comment es-tu venu jusqu'ici ?

Et le jeune garçon raconta tout ; comment il avait eu l'argent pour le train, la vieille dame, sa fille, tout. Eric n'en revenait pas qu'il ait tout organisé dans les moindres détails.

- Mais elle doit se faire un sang d'encre ta mère ! Il faut la prévenir !

- Elle va me gronder vu que tu n'es même pas mon père... répondit-il d'une voix triste.
- Tim, elle ne te grondera pas, fais-moi confiance. Donne-moi son numéro de téléphone, s'il te plait.
Le jeune garçon lui tendit un papier où le numéro était inscrit et lui dit :
- Je l'avais préparé pour que tu l'appelles pour lui dire que tu étais heureux parce que ton fils t'avait retrouvé... et Tim se remit à pleurer.
- Ne pleure pas, mon garçon, même si je ne suis pas ton père, je suis vraiment content de t'avoir rencontré... Allez, il faut que j'appelle ta mère...
Aurore était en train de parler avec un gendarme quand son téléphone sonna :

- Allo ?

- Bonjour, vous êtes bien la maman de Timothée ?

- Oui ! Mon Dieu, comment va-t-il ? Où est-il ?

- Calmez-vous, madame, votre fils va bien, il est chez moi.

- mais qui êtes-vous ? Que fait-il chez vous ? le coupa-t-elle.

- Je vais vous expliquer si vous me laissez parler...

- Oui, oui, allez-y, je vous écoute.

- Voilà, Tim m'a appelé en septembre parce qu'il cherchait quelqu'un qui veuille l'aider pour faire un exposé sur les chèvres. Il m'a demandé si je pouvais répondre à ses questions par lettre car il n'avait rien préparé sur le moment. Je lui proposé qu'il me rappelle mais il m'a dit que vous ne voudriez pas à cause du prix des communications, aussi j'ai accepté, si vous étiez d'accord. Il m'a dit que oui. S'en est suivie une correspondance agréable où Tim me confiait un peu sa vie sans omettre évidemment de me poser des questions sur les chèvres. J'ai ainsi appris qu'il n'avait pas de papa, mais je vous jure, madame, que pas un instant, je n'ai pensé que Tim en avait conclu que c'était moi, son père. Il m'a demandé si je connaissais Chambéry et je lui ai répondu par l'affirmative.

- Oh, Mon Dieu ! Qu'est-il encore allé imaginer…

- Tim avait envie de voir les chèvres et leurs petits, aussi lui ai-je proposé de venir passer une journée avec vous, chez moi. Et il est arrivé il y a une petite demi-heure, persuadé que j'étais son père.

- Mais… Vous n'êtes pas son père !

- Je le lui ai dit, ne vous inquiétez pas ; j'ai quitté Chambéry il y a quinze ans, ce n'est donc pas possible. Tim est effondré, madame…

- Je comprends, je suis désolée, c'est de ma faute, j'aurai dû lui dire la vérité depuis longtemps. Mais où habitez-vous ?

- Dans la vallée des Belleville…

- Comment est-il venu jusque chez vous ?

- Par le train, puis une dame l'a amené jusque chez moi…

- Je vais venir le chercher, combien de temps faut-il pour faire le trajet ?
- Environ une heure quarante-cinq...
Eric lui donna son adresse et quelques indications pour trouver sa maison, Aurore le remercia et raccrocha.

Chapitre 11

Eric posa son téléphone, renseigna Timothée sur le fait que sa mère n'était pas fâchée mais qu'elle s'était inquiétée et qu'elle les rejoindrait, le temps de faire la route. Il lui demanda s'il avait soif.
- Oui, je veux bien, s'il vous plait.
- Tu ne me dis plus « tu » ?
- Ben, vous n'êtes pas mon père...
- Ecoute-moi, Tim. Je ne suis pas ton père mais on est amis, non ? Je suis heureux de te rencontrer enfin... Je me suis attaché à toi à travers notre

correspondance… Je t'aime déjà beaucoup, avoua-t-il à voix basse.
- Oui, tu as raison, moi aussi je t'aime beaucoup et c'est pour ça que j'aurais tellement voulu que tu sois mon papa. Comment je vais le retrouver maintenant ?
- Ta maman m'a dit qu'elle te parlerait de ton père, tu sauras très bientôt qui c'est. Allez bois donc ton verre et viens, on va aller voir les chèvres, tu veux ?
- Oh oui, bien sûr !
Ils sortirent et Eric expliqua au jeune garçon que pour rejoindre les chèvres, il fallait « crapahuter » un peu car elles étaient dans la montagne.

- Tu vois, elles sont là, un peu en dessous de la croix… Tu te sens d'y aller ?

- Oui, j'attends de voir tes chèvres depuis trop longtemps ! Mais qui a mis une croix là-haut ?

-Allons-y et je vais te raconter…

Armés chacun d'un bâton, les deux amis attaquèrent la balade.

- Tu vois, Tim, cette croix, c'est mon arrière-grand-père Hyppolite qui l'a montée sur la montagne avec un ami, la nuit qui a précédé son mariage en 1908, pour faire une surprise à sa future femme.

- Mais ça devait être lourd !

- Oui, les hommes avaient beaucoup de courage à cette époque ! Ils l'ont fixée avec des pierres, de la chaux et le lendemain,

les villageois ont été tout surpris de voir cette croix qui surplombait la vallée.
- Elle ne s'est pas abimée ?
- Tu sais, c'est la seule croix de la vallée qui n'a jamais pris la foudre ! Sans doute que Dieu la protégeait. Mais un jour, sans consulter personne, en 1990, des villageois ont décidé de la remplacer, ils l'ont démontée, l'ont jetée dans un trou et en ont mis une autre à la place. Alors je l'ai récupérée et avec un copain, nous l'avons fixée un peu plus loin, ainsi chaque jour, je la vois.
- C'est une belle histoire… Alors toi aussi, tu es fort …
- Tu sais, Tim, quand on veut vraiment quelque chose, on y arrive

plus facilement. On a monté du ciment, du sable et de l'eau et bien-sûr, la croix que j'avais un peu restaurée. Vois-tu, elle a beaucoup de valeur pour moi ; outre le fait que c'est la plus vieille croix de la vallée des Belleville, c'est un souvenir de ma famille.

- Tu as de la chance, moi je n'ai pas de famille à part ma maman, répondit le jeune garçon d'une voix triste.

- Ne sois pas triste, tu n'es pas tout seul, tu as des amis...

- Oui, mais moi, ce que je voudrais, c'est un papa, des frères, des sœurs, des grands-parents...

- Je comprends, la vie ne va pas toujours dans le sens qu'on veut ; moi, j'aurais aimé avoir des enfants, je n'en n'aurai jamais, c'est comme ça. Rien ne sert d'avoir des regrets, il faut prendre ce que la vie nous offre, Tim.

- Oui, mais ce n'est pas facile…

- Et non, rien n'est facile… Regarde, on arrive…

Timothée courut en direction des chèvres, qui, effrayées, partirent dans tous les sens. Eric éclata de rire :

- Tu leur as fait peur !

Tim fut tout déconcerté.

- Viens, on va s'avancer tout doucement et tu vas pouvoir les caresser…

Joignant le geste à la parole, Eric lui prit la main et l'emmena près de « Bichette », une chèvre qui adorait les câlins. Le jeune garçon se mit à genoux, la prit par le cou et mit sa tête contre elle.

- Comme elle est gentille !
- Oui, c'est la plus douce du troupeau… Allez, viens maintenant, il est grand temps de descendre manger.
- On reviendra, dis ?
- Oui, bien sûr, avec plaisir.

Ils regagnèrent la maison d'Eric, tout en bavardant. Après s'être lavé les mains, Timothée s'installa tout naturellement à table où il dévora le délicieux repas préparé par son nouvel ami et débarrassa. Puis il eut envie de tout voir ; le poulailler, la bergerie, les tracteurs…

- Va, toi, répondit Eric. Moi je vais me reposer un peu dehors sur mon rocking-chair, je suis debout depuis

cinq heures trente. Tu ne risques rien, ici, il n'y a personne mais si tu vas voir les poules, ne leur cours pas après !
- Ok, merci, à tout à l'heure, bonne sieste ! Viens Sam ! répondit-il en sortant précipitamment avec le chien.

Eric le regarda partir, un sourire au coin des lèvres. Il pensa qu'un enfant dans une maison, c'était merveilleux, c'était la vie. Il soupira, alluma une cigarette et s'installa sur son rocking-chair. Il voulait être seul pour recevoir la mère de Tim. Il fallait qu'il ait une conversation avec elle. Il surveilla le chemin qui menait chez lui mais la fatigue eut raison d'Eric et il sombra dans un profond sommeil.

Chapitre 12

Aurore vit enfin le panneau qui indiquait « mon paradis » dont le facteur lui avait parlé. Elle gara sa voiture, en descendit, s'étira et respira ce bon air que seule l'altitude apportait. Il faisait un temps magnifique et tout de suite elle sentit sur sa peau la chaleur du soleil. Elle prit le sentier comme le lui avait indiqué le vieux facteur et au bout de cinq minutes de marche, au détour d'un virage, elle aperçut une bâtisse qui n'était ni tout à fait

une maison, ni tout à fait un chalet. Aurore marcha d'un bon pas, pressée de voir son fils. Plus elle approchait, plus il lui semblait apercevoir un homme assis devant la maison. Arrivée à cinq, six mètres de lui, elle se rendit compte qu'il dormait. Elle avança sans bruit et le détailla. Pas de doute possible, pensa-t-elle, cet homme, c'était bien Eric. Cette voix au téléphone, il lui avait bien semblé la reconnaître, mais cela lui avait paru complètement fou… Elle était alors tellement inquiète pour Timothée que cette réminiscence était vite passée en arrière-plan. Elle posa sa main sur la sienne et murmura :
- Eric… Eric…

Eric ouvrit les yeux et reconnut tout de suite cette femme penchée sur lui.

- Aurore ? Que fais-tu là ?
- Je suis venue chercher mon fils...

Tout à fait réveillé, Eric bredouilla :

- Mais... Tu es la mère de Timothée ?
- Ben oui... Comment se fait-il qu'il soit chez toi, d'ailleurs ? Et d'abord, où est-il ?
- Ne t'inquiète pas, il va bien, il doit être au poulailler avec Sam...
- Sam ?
- C'est mon chien...

Eric se leva, s'approcha d'Aurore. Elle le trouva plus grand et plus costaud que dans son souvenir.

- Ainsi, c'est là que tu es venu te perdre...

- Eh oui...

Soudain, Eric, ému, l'enlaça.

- Je suis tellement content de te revoir...

Aurore se laissa aller dans ses bras.

- Moi aussi, Eric.

Et ils restèrent ainsi, s'abandonnant dans les bras l'un de l'autre. Aurore ferma les yeux, elle avait envie de pleurer tant elle était heureuse ; ça faisait combien de temps qu'un homme ne l'avait pas prise dans ses bras ? Elle avait fini par oublier comme on y était bien...

Timothée, des questions plein la tête, décida d'aller réveiller Eric afin qu'il y réponde. Il voulait tout savoir sur les poules, les tracteurs... Il s'arrêta net devant le spectacle qui s'offrait à lui : sa mère dans les bras d'Eric ! Ainsi, pensa-t-il, c'est bien lui, mon père ! Le jeune garçon se cacha et les espionna. Il entendit sa mère dire :

- Pourquoi m'avoir quittée ?

- Pourquoi ne pas m'avoir suivi ?

Le couple se sourit et, la prenant par la main, Eric lui dit simplement : « Viens ! » Et ils rentrèrent dans la maison. Rassuré, Tim retourna voir les animaux.

La fraicheur du chalet surprit Aurore, et elle se blottit à nouveau contre Eric. Il la repoussa tout doucement et lui dit :

- Assieds-toi, je crois qu'on a beaucoup de choses à se dire… Tu veux boire un café ou autre chose ?

- Je veux bien un café, s'il te plait…

Elle le regarda s'affairer autour de sa une vieille cafetière italienne. Il lui tournait le dos et elle ne pouvait détacher son regard de sa large stature ; elle se leva, vint derrière lui, l'enlaça et posa sa tête contre son dos. Troublé malgré lui, Eric s'immobilisa, inspira profondément, il fallait absolument qu'il lui parle, qu'il lui dise qu'il n'était pas seul... Il se retourna :

- Aurore...

Mais déjà elle posait ses lèvres sur les siennes et Eric, oubliant ses bonnes résolutions, répondit à son baiser. Leurs lèvres se reconnurent immédiatement. Puis dans un éclair de lucidité, Eric interrompit ce moment de passion :

- Aurore… Non, il ne faut pas… Pardonne-moi…

- Qu'y a-t-il, Eric ?

- Je suis désolé, je n'aurais pas dû répondre à ton baiser, j'ai une amie…

Aurore baissa les yeux afin de cacher ses larmes, Eric continua :

- J'ai été très troublé quand je t'ai vue, tu es encore plus belle qu'il y a quinze ans… mais, même si on ne vit pas ensemble, je fréquente quelqu'un depuis deux ans.

- C'est moi qui suis désolée, je ne sais pas ce qui m'a pris de t'embrasser, ça fait si longtemps que je suis seule…

- Raconte-moi ta vie depuis que l'on s'est quittés… Dis-moi pourquoi ton fils me dit qu'il n'a pas de père... lui répondit-il en lui servant le café.

Ils s'assirent face à face et Aurore raconta sa triste vie ; c'était la première fois qu'elle en parlait à quelqu'un, c'était une libération et en même temps, elle souffrait de nouveau à remuer ce passé douloureux. Eric l'encourageait en tenant ses mains tremblantes qu'elle avait posées sur la table, comme pour se donner la force de tout dévoiler. Quand elle eut fini, il se leva, s'approcha d'elle, lui murmura « viens là » et elle se laissa aller dans ses bras. Il la réconforta et déjà elle se sentait mieux.

- Maman ! Maman ! Tim arriva en courant dans la maison, interrompant ce moment de tendresse.

Immédiatement, Eric lâcha Aurore. L'enfant se précipita dans les bras de sa mère et lui annonça, enthousiaste :

- Tu as vu, j'ai retrouvé papa !

- Enfin, Tim, je t'ai déjà expliqué que je n'étais pas ton père ! l'interrompit Eric.

- Menteur ! Je vous ai vus avec maman vous faire un câlin !

- Timothée, le coupa sa mère, on s'est connus il y a très longtemps avec Eric et on ne s'attendait pas à se voir, on a été émus de ces retrouvailles mais il n'y a plus rien entre nous depuis quinze ans. Tu vois, c'était bien avant ta naissance...

Au fur et à mesure que sa mère lui parlait, de grosses larmes coulaient sur le visage de Timothée. Ce n'était pas juste, non, vraiment pas juste, lui, il y avait cru à ces retrouvailles de famille.

- Aurore, je ne voudrais pas me mêler de ce qui ne me regarde pas, mais peut-être est-il temps de parler à Tim de son père… Je vais vous laisser tous les deux vous expliquer…

- Oui, tu as raison… mais tu peux rester…

- Non, ce moment vous appartient à tous les deux… Je vous attends dehors…

Et Eric sortit sans attendre de réponse. Il s'installa dans son vieux rocking-chair et se laissa aller à se remémorer tout ce que lui avait dit Aurore.

Chapitre 13

Eric avait raison, il était temps qu'Aurore parle à son fils.
- Assieds-toi, Tim, je vais te raconter mon histoire avec ton père.
Timothée prit place face à sa mère.
- Si je ne t'en ai pas parlé avant c'est qu'il m'est très difficile de parler de ce drame mais Eric a raison, il est grand temps que tu saches...
Et Aurore raconta :
Elle avait tout d'abord rencontré Eric qui sortait d'un divorce difficile. Ils s'étaient aimés mais le jeune

homme qu'il était à l'époque ne rêvait que d'une chose, c'était partir habiter en montagne dans la maison que ses grands-parents lui avaient léguée. Il lui avait demandé de venir avec lui mais elle était encore bien jeune et ne se voyait pas se perdre dans les montagnes. Eric n'avait pas changé d'avis, il était parti et la vie avait continué, tristement. Puis elle avait rencontré Pierre-Eric, que tout le monde appelait simplement Eric. C'était un homme réservé, solitaire, qui avait perdu son meilleur ami quelques mois plus tôt des suites d'une maladie. Il ne s'en était jamais vraiment remis et de leur deux solitudes, ils n'en n'avaient fait qu'une. Aurore s'était accrochée à lui pour oublier Eric. Pierre-Eric n'avait qu'une passion, la montagne. Il disait qu'il n'y avait que là-haut qu'il oubliait l'injustice de la mort de son ami. Au début, elle l'accompagnait mais elle voyait bien qu'il rêvait d'y aller seul et d'aller encore toujours plus haut. Elle avait eu envie d'un enfant, il avait dit « pourquoi pas ? » et elle s'était retrouvée rapidement enceinte. Tous deux passaient peu de temps ensemble mais ils étaient heureux à leur manière. Pierre-Eric rêvait d'un garçon qui s'appellerait Timothée, comme son meilleur ami. Puis, un weekend, le jeune homme était parti dans la vallée des Belleville ramasser du génépi dans les barres rocheuses à «Tête Ronde » au-dessus de Val Thorens et il avait décroché.

- Voilà, il s'est tué là-bas, ajouta-t-elle. Ton père est enterré au cimetière de Saint-Martin de Belleville ; si tu en as envie, on passera voir sa tombe. Je n'y suis jamais retournée depuis le jour de sa sépulture.

- Maman, pourquoi ne m'avoir jamais dit clairement qu'il était mort ? Pourquoi m'avoir dit qu'il était parti, comme il était venu, sans bruit ?

- Parce que j'ai vécu son accident comme un abandon... J'étais enceinte de cinq mois et je me suis retrouvée seule au monde avec un bébé qui allait arriver. Alors je sais, ce n'est pas juste, mais je lui en ai voulu.

- Ma pauvre petite maman, lui dit Timothée, le visage ravagé par les larmes. Il se jeta dans ses bras et ajouta :

- Je n'aurai donc jamais de papa...

- Je suis désolée, mon petit... Viens, allons voir Eric.

Et ils sortirent le rejoindre. Il fumait une cigarette, se balançant tout doucement sur son rocking-chair. Tim se jeta en pleurant dans ses bras. Eric le berça, comme un père l'aurait fait, sauf qu'il n'était pas son père... Aurore, malheureuse, mais soulagée d'avoir enfin dit la vérité à son fils, s'éloigna, marcha un peu et ils restèrent seuls tous les deux.

- Alors, mon garçon, tu as eu les réponses à tes questions ?
- Oui, répondit Tim, mon papa est mort. Je ne le connaîtrai jamais ; je resterai toujours un bâtard...
- Ne dis pas ça ! le coupa fermement Eric. Tu as un père, et même s'il est mort, tu as un père ! Je ne veux plus jamais t'entendre dire ça, on est d'accord ?

Timothée hocha la tête en signe d'acquiescement. Et d'une voix plus douce, Eric ajouta :

- Tu sais, Tim, je serai toujours là pour toi. Bien sûr, je ne remplacerai jamais ton père mais tu es un brave garçon et je t'aime déjà beaucoup... Si tu as besoin, surtout, n'hésite jamais à m'appeler !

Timothée sourit entre ses larmes :

- Maman est triste…
- Oui, ça n'a pas été facile pour elle. Viens, allons la rejoindre… Elle est allée en direction des chèvres…

Chapitre 14

Raphaëlle arriva peu avant dix-huit heures chez Eric. Elle trouva la maison vide, fit un tour du côté de la bergerie et du poulailler mais il n'y avait personne. D'ordinaire, son ami était toujours là pour l'accueillir ; un mauvais pressentiment l'envahit. Raphaëlle avait vu une voiture en bas de chez Eric, elle se douta que c'était Timothée et sa maman. Mais où étaient-ils donc tous passés ?

Des tintements de clochettes retentirent au loin, la jeune femme tourna la tête en direction de la montagne et le spectacle qui s'offrait à elle lui glaça le cœur. Le troupeau de chèvres avançait, suivi de l'enfant tenant par la main, d'un côté sa mère et de l'autre, Eric.

Plus ils approchaient, plus elle remarquait leur gaieté ; ils donnaient l'image d'une famille parfaite, heureuse.

C'était plus que Raphaëlle ne pouvait en supporter ; elle prit son sac et s'en retourna d'un pas rapide. Arrivée à sa voiture, elle prit son téléphone et appela Eric, elle tomba sur sa messagerie. Soulagée, elle essaya de prendre une voix assurée :

- Bonsoir Eric, je voulais te dire que je vais rester à Moûtiers ce soir ; j'ai vraiment trop de copies à corriger. J'essaie de venir demain, je te rappelle pour te confirmer, bisous.

Tristement, Raphaëlle démarra la voiture et prit la route du retour.

Tim était heureux ; malgré l'annonce que lui avait faite sa mère, il avait trouvé un véritable ami et quoi que puissent en dire Eric et sa maman, il n'avait jamais vu cette dernière si heureuse. Elle riait de tout, plaisantait ; il lui semblait avoir enfin une vraie famille.

Arrivé dans la maison, Eric s'aperçut que son téléphone clignotait. Il vit qu'il avait un message ; il l'écouta et fut surpris de ne pas être déçu que Raphaëlle ne vienne pas ce soir, il

en resta songeur. Il fut interrompu dans ses pensées par Aurore :
- Eric, on ne va pas tarder à y aller, on a encore beaucoup de route à faire ce soir et je n'aime pas trop rouler la nuit…
- Pourquoi ne dormiriez-vous pas là, j'ai une chambre d'ami… proposa Eric.
- Oh, oui ! Dis oui, s'il te plait, maman !
- Mais…
- Allez, on n'est pas bien tous les trois ? Et ainsi, je pourrai montrer à Tim comment traire une chèvre…
- Je ne voudrais pas abuser de ta gentillesse… Et on n'a pas de change, ni pour demain, ni pour dormir…

- C'est bien une réflexion de citadine, ça ! Je te prêterai de quoi te changer, si tu veux...
Aurore éclata de rire :
- Comme ça, je ressemblerai à un épouvantail, tu pourras toujours me mettre dans ton potager... Non, sérieusement, je ne veux pas abuser...
- Mais puisque c'est moi qui te le propose... Ca me ferait vraiment plaisir...
- Allez, maman...
- On dirait deux gosses ! répondit-elle en souriant, alors d'accord, moi aussi, je suis bien ici.
Timothée lui sauta au cou tandis que le visage d'Eric se fendit d'un grand sourire.

- Je vous abandonne deux minutes, j'ai un coup de téléphone à passer. Faites comme chez vous, servez-vous dans le frigo si vous voulez une boisson fraîche... A tout de suite, dit-il en sortant.

Eric alluma une cigarette et appela Raphaëlle ; il tomba, à son tour, sur le répondeur :

« Coucou, c'est Eric, j'ai bien eu ton message. Ne t'inquiète pas, je comprends que si tu as du travail tu le fasses chez toi, mais tu aurais pu aussi le faire ici. Enfin, ce n'est pas grave, on se verra demain. Comme je te l'avais peut-être dit, aujourd'hui, j'ai eu la visite de Tim ; il faudra que je te raconte, il est venu en train puis il s'est fait déposer chez moi par une dame. Il a fait tout ça en cachette, sa mère n'était pas au courant, quel filou, ce petit ! J'ai dû appeler la maman qui est venue pour le récupérer. Figure-toi que je la connaissais, on s'était fréquentés quelques temps après mon divorce. Enfin, je t'en dirai plus demain. Au fait, je leur ai proposé de dormir dans la chambre d'ami cette nuit, Tim n'avait pas trop envie de partir ! Allez, bisous. »

Il pensa que lui aussi voulait que son ami et sa mère restent ce soir…

Chapitre 15

Eric avait préparé un bon repas qui se déroula dans la bonne humeur. Sur le coup de vingt et une heures, Timothée commençait à tomber de fatigue, il demanda à aller dormir, sa mère alla le coucher pendant qu'Eric faisait la vaisselle.
- Maman, tu es heureuse ? lui demanda son fils, une fois dans le lit.
- Oui, j'ai passé une belle journée mais ne recommence jamais à partir

de la maison ; j'ai eu une peur bleue !

- Promis, maman, mais tu as vu comme il est gentil, Eric ?
- Oui, il est très gentil…
- Ca pourrait être ton amoureux, non ?
- Ne va pas te faire des idées, il a déjà une amoureuse…
- Mais si elle n'est pas là, c'est qu'ils ne s'aiment pas vraiment, répondit l'enfant d'une voix presque suppliante.
- Mon Tim, les gens ne conçoivent pas tous la vie de couple de la même façon ; ils sont peut-être heureux comme ça…
- En tous cas, moi j'ai bien vu comme vous riez ensemble. Et toi, je ne t'ai jamais entendu rire ainsi…

- Ne dis pas de bêtises, Tim, et dors vite, dit-elle d'un air gêné.
- Il peut venir me faire un bisou, Eric ?
- Je vais aller lui demander. Bonne nuit, mon chéri, lui dit-elle, en l'embrassant.
- Bonne nuit, maman.
Aurore descendit à la cuisine pour rejoindre Eric et lui fit part de la demande de Tim.
- Bien sûr, répondit-il, et il monta les escaliers quatre à quatre. Aurore admira sa souplesse ; elle le trouva encore plus attirant qu'avant ; il dégageait une assurance et une sérénité qu'il n'avait pas jadis. Elle pensa qu'il avait trouvé la vie qui lui convenait.

Arrivé devant la porte de la chambre, Eric frappa deux petits coups avant d'entrer. Un sourire illumina le visage de Timothée.

- Ta maman m'a dit que tu voulais que je vienne te souhaiter bonne nuit…

- Oui, tu sais j'ai passé la plus belle journée de ma vie aujourd'hui !

- J'en suis heureux, Tim, pour moi aussi c'était une belle journée…

- Tu as une amoureuse, Eric ? demanda le garçon d'un air espiègle.

- Oui, mais on n'habite pas ensemble…

- Parce que vous ne vous aimez pas assez ?

- Parce qu'on est bien ainsi, un peu chacun chez soi... Mais te voilà bien indiscret, jeune homme...

- Ben moi, si j'étais amoureux, j'aurais envie d'être avec ma chérie tous les jours !

- Et tu aurais raison. Allez, dors bien, Tim. Eric lui posa une bise sur chaque joue, Timothée l'enlaça, lui avouant :

- Si j'avais eu un père, j'aurais aimé qu'il soit exactement comme toi.

- Merci, c'est très gentil. J'aurais aussi aimé avoir un fils comme toi. Bonne nuit Tim !

- Bonne nuit, Eric.

Le montagnard éteignit la lumière, ferma la porte et rejoignit Aurore. Eric proposa d'aller boire une infusion dehors. Il lui prêta une veste, elle paraissait minuscule et Eric la trouva attendrissante. Il lui dit d'un air taquin :

- Ca y est, tu ressembles à un épouvantail !
- Merci du compliment mais je t'avais prévenu !
- Je plaisante, tu es ravissante et même plus que ça !
- Arrête, tu vas me faire rougir…
- On a dû souvent te le dire…
- Ne crois pas ça, je suis seule depuis que Pierre-Eric s'est tué… Il n'y a jamais eu personne depuis, répondit-elle d'un air triste.
- Pourquoi n'avoir pas refait ta vie ?
- J'ai perdu le goût de vivre, Eric, et les gens ne viennent pas vers les personnes tristes. Entre toi et le père de Timothée, je me suis dit

que le bonheur n'était pas pour moi…

- Tim m'avait parlé de ta tristesse et pourtant aujourd'hui, je t'ai trouvée gaie !

Un sourire radieux illumina le visage d'Aurore :

- Ca fait plus de dix ans que je n'avais pas passé une si belle journée, j'avais oublié ce que c'était que de rire ! Mais tu dégages tellement de joie de vivre ! Et puis, au milieu de ce magnifique paysage, comment ne pas être heureuse ?

- Pourtant, ce beau paysage, tu n'en as pas voulu il y a quinze ans…

- J'étais jeune et je ne me voyais pas vivre loin de la ville …

Un silence s'installa, chacun étant parti dans ses pensées... Eric alluma une cigarette et confia :
- Tu sais, tu m'as manqué... Quand on s'est séparés, je me suis jeté à corps perdu dans le travail et Dieu sait qu'il y en avait quand je suis arrivé ici ; j'aurais tant aimé partager cette nouvelle vie avec toi...
- Je suis tellement désolée, Eric...
- C'est du passé, n'en parlons plus, mais promets-moi de ne plus être triste ; fais-le pour Tim, il a besoin d'une maman gaie...
- Oui, mais dis-moi, tu as l'air de savoir beaucoup de choses sur mon fils ...

- C'est vrai, il s'est beaucoup confié à moi au fil des mois… C'est un gosse attachant…

- Pourquoi n'as-tu pas d'enfant, tu as l'air de les aimer, pourtant…

- L'occasion ne s'est jamais présentée et ma copine actuelle ne peut pas en avoir. De toute manière, maintenant, je suis trop âgé… Allez, arrêtons de parler de choses tristes sinon on va finir par pleurer ! ajouta-t-il d'un ton rieur.

- Oui, tu as raison, parle-moi de ton quotidien, comment tu vis…

Ils bavardèrent de choses légères pendant un long moment puis Aurore lui fit remarquer qu'il était tard.

- Oui, rentrons… Je suis levé depuis cinq heures trente, la fatigue commence à me gagner. Tu veux un tee-shirt pour dormir, lui proposa-t-il.

- Je veux bien, s'il te plait.

Ils rentrèrent, Eric lui donna de quoi se changer.

- Merci, bonne nuit, lui dit-elle, en s'approchant pour lui faire la bise.

- Dors bien, répondit-il.

Elle lui fit un petit sourire et monta se coucher près de son fils.

Chapitre 16

Raphaëlle avait passé une nuit exécrable à ressasser le message d'Eric ; ainsi il avait invité à dormir chez lui son ancienne maîtresse, quel aplomb ! Très en colère, elle décida qu'il était plus prudent de ne pas leur laisser une journée de plus ensemble ; elle se prépara rapidement et partit en direction des montagnes.

Quand Aurore se réveilla, Timothée dormait encore profondément. Elle se leva sans bruit, se dirigea vers la salle de bain et se trouva nez à nez avec Eric, vêtu d'une simple serviette autour de la taille.

- Oh ! Pardon, s'excusa-t-elle, rougissante, je te pensais déjà dehors avec tes bêtes...

Tout aussi gêné, Eric balbutia :

- Je ne me suis pas réveillé ce matin, d'habitude je me lève bien plus tôt et sans réveil...

Tous deux étaient troublés par la quasi nudité de l'autre ; Aurore ne pouvait détacher ses yeux du corps de son ami. Que m'arrive-t-il, se demanda-t-elle, je n'ai pas regardé un homme depuis la mort de Pierre-Eric...

Eric, quant à lui, fixait ce petit bout de femme frêle dans son grand tee-shirt et il eut toutes les peines du monde à rester distant...

- Je te laisse la salle de bain, je vais préparer le petit déjeuner, tu prends toujours du café le matin ?

- Oui, oui, merci...

Le couple était en train de déjeuner quand on frappa à la porte. Eric alla ouvrir et se trouva face au facteur.

- Bien le bonjour, j'ai un recommandé pour toi, gars...

- Salut, Jeannot, entre donc, tu vas bien boire quelque chose...

- Ben, ce n'est pas de refus, je prendrais bien un petit café avec vous...

Le facteur, s'attendant à trouver Raphaëlle, s'arrêta net.

- C'est-à-dire que je ne voudrais pas déranger… Elle n'est pas là, ta fiancée ?

Eric soupira :

- Non, elle va venir dans la journée, je te présente Aurore, une vieille amie…

- Pas si vieille que ça… Bonjour, madame, dit-il en s'approchant de la jeune femme.

- Bonjour monsieur, appelez-moi Aurore, si vous voulez, répondit-elle en lui tendant la main.

- Moi, c'est Jeannot… Je suis le facteur…

- Oui, c'est ce que j'avais cru comprendre, rétorqua-t-elle en souriant.

Timothée arriva en dévalant les escaliers, mettant fin à cette situation gênante :

- Bonjour tout le monde, puis remarquant Jeannot, oh, vous êtes le facteur ? Faut tout me dire sur votre métier, j'adorerais faire comme vous…

Ils s'installèrent tous les quatre autour de la table et la conversation alla bon train, la bonne humeur était de mise, chacun y allait de son anecdote. Jeannot raconta la fois où, arrivé chez une famille, le vieux hurlait car pendant la nuit, son voisin avec qui il était fâché, avait mis de la poudre noire et une mèche au pied de ses arbres fruitiers, les avait entourés de plastique et y avait mis le feu ; ça

avait pétaradé de partout ! On aurait dit la détonation d'un feu d'artifice, aux dires de l'ancien !
Tim l'écoutait, émerveillé de tout ce qu'avait vécu le facteur, lui redemandant encore et encore des histoires.
- Ca aurait été avec plaisir, petit, mais moi j'ai du courrier à distribuer !
- Je peux venir avec vous ?
- Ben si ta mère est d'accord...
- Non, Jeannot, ce n'est pas contre vous mais on ne va pas trop tarder, on doit rentrer sur Chambéry...
- Déjà ! s'écrièrent en même temps, Eric et Timothée.
Mais Aurore ne voulut rien savoir des protestations des deux garçons, elle resta ferme sur son intention de

partir avant midi. Le vieux facteur prit congé, la jeune femme envoya Eric et Timothée s'occuper des bêtes et fit la petite vaisselle du matin puis les rejoignit à la bergerie. Et ils amenèrent, tous les trois, les chèvres en champs.

Quand Raphaëlle arriva, elle trouva de nouveau la maison vide. Sa colère redoubla quand elle les vit, comme la veille, redescendre de la petite montagne, tous les trois ; Eric, chahutant avec le gamin. La jalousie habitait son cœur. Jamais elle ne pourrait offrir ce bonheur à Eric et quoi qu'il en dise, cet enfant était, à ses yeux, ce qui manquait à son équilibre. Enfin, le trio arriva vers Raphaëlle, Eric fit les présentations, et tout de suite, entre les

deux femmes, une certaine animosité s'installa. Aurore, devant l'hostilité de l'institutrice, ne tarda pas à vouloir partir.
- Eric, on va y aller…
- Vous reviendrez, n'est-ce pas ?
- Je ne sais pas, hésita Aurore…
- S'il te plait, maman, on peut revenir le weekend prochain ?
- Revenez quand vous voulez, vous serez toujours les bienvenus…
- Tu nous appelles et on voit ça…répondit prudemment Aurore.
Ils se dirent au revoir, s'embrassèrent, Tim serra Eric très fort contre lui, les yeux pleins de larmes.
- Tu me promets, hein, que tu nous appelleras ?
- T'inquiète pas, mon garçon, je te téléphonerai très vite…

Les femmes se dirent au revoir assez froidement et les deux visiteurs s'en allèrent.
- On rentre ? proposa Raphaëlle.
Mais Eric ne répondit pas, il resta, les deux mains dans les poches, à fixer l'horizon où ses deux amis disparaissaient. Nerveusement, Il alluma une cigarette, remarqua que le ciel s'assombrissait, en accord avec son état d'âme. Ses hôtes étaient partis et il avait envie d'être seul pour réfléchir à tous les sentiments contradictoires qui l'habitaient depuis la veille, mais déjà Raphaëlle l'appelait :
- Eric ! Tu viens ?
Il ne répondit pas mais se dirigea d'un pas lourd vers la maison.

Chapitre 17

- Ca ne va pas ? lui demanda-t-elle.
- Non, je t'ai trouvée très froide avec mes invités…
- Et tu aurais voulu quoi ? Que je saute de joie en sachant que tu logeais ton ex-petite amie et son fils ? T'es-tu seulement mis à ma place ? Imagines-tu ce que j'ai ressenti quand je vous ai vu descendre de la petite montagne, tous les trois, en riant ?

- Ecoute, ça été dur pour Tim d'apprendre qu'il n'avait plus de père...

Et Eric raconta à Raphaëlle la terrible histoire d'Aurore, il conclut :

- Alors, on a fait au mieux pour le distraire.

- Et tu comptes les revoir ?

- Bien sûr, je l'ai promis à Timothée...

- Mais réveille-toi, Eric ! Ce gamin n'est pas le tien ! Il ne t'est rien !

- Comment peux-tu dire une chose pareille, tu n'as donc rien compris, j'aime cet enfant, je me fous des liens du sang ! Je suis sûr que nombre de pères ne connaissent pas leur enfant comme moi je connais Tim ! Cet enfant viendra aussi souvent qu'il veut à la maison et si sa mère ne peut pas l'emmener, il prendra le train et j'irai le chercher à Moutiers.

- Et si sa mère veut bien l'emmener, on va les avoir tous les deux ?

- Raphie, je conçois que ce ne soit pas facile pour toi, mais, oui. Je les aime beaucoup tous les deux...

- Je me situe où, dans ta vie, Eric ?

- ...

- Si tu devais choisir entre Timothée et moi, qui choisirais-tu ?

- Arrête, tu dis des bêtises...

- Réponds-moi, Eric !

- Je ne veux pas avoir à choisir. Tim aurait trop de peine si je ne donnais pas de suite à notre amitié. Tu peux comprendre ça ?

- Oui, bien sûr, mais il ne viendrait qu'aux vacances scolaires, ça serait suffisant...

- Il viendra autant de fois qu'il veut, répliqua fermement Eric.

- Et nous deux ?

- Quoi, nous deux ?

- Ne fais pas semblant de ne pas comprendre !

- Si ce gamin était le notre, on ferait comment ?

- Bon sang ! Ce n'est pas le *notre,* chéri ! s'emporta la jeune femme.

Eric sortit en claquant bruyamment la porte et se dirigea vers la bergerie, laissant la jeune femme dépitée. Elle n'avait pas l'habitude de voir son ami avoir des accès de colère ; il était toujours si calme, si posé. Elle alla le rejoindre et lui dit :

- Ok, Eric, on peut essayer…
- Merci, Raphie…
Elle alla se blottir dans les bras de son ami…
- Je t'aime tant, mon chéri, lui susurra-t-elle. Mais Eric ne répondit pas, il pensa au moment où il avait tenu Aurore dans ses bras, à ce baiser qu'ils avaient partagé. Cela avait été un vrai moment de passion et même s'il aimait beaucoup Raphaëlle, ses sentiments, il s'en rendait bien compte maintenant, n'avaient rien à voir avec l'amour ; il comprenait pourquoi en deux ans, il n'avait jamais voulu habiter avec elle. Tim avait raison, quand on était amoureux, on avait envie d'être toujours ensemble !

Mais comment avouer une chose pareille à Raphaëlle sans lui faire trop de peine ?

Chapitre 18

Le couple passa somme toute un assez bon weekend même si Raphaëlle avait senti un changement dans le comportement d'Eric ; il était souvent pensif, distant, ce qui ne lui ressemblait pas. Vers vingt et une heures, la jeune femme retourna à Moûtiers, le cœur un peu lourd. Eric apprécia de se retrouver seul, il se balançait sur son rocking-chair, des pensées nostalgiques plein la tête. Il se remémora le moment où Tim avait cru qu'il était son père ; il aurait pu être son père, il aurait aimé l'être... Il revit Aurore, toute frêle, toute belle, flottant dans son tee-shirt ; il avait eu envie de la prendre dans ses bras... Mon Dieu, pensa-t-il, je crois que je suis encore amoureux d'elle... Que vais-je dire à Raphaëlle ?

Ce weekend avait été trop riche en émotion, il décida d'aller se coucher, il serait toujours temps, demain, de prendre une décision. Eric était à mille lieux d'imaginer qu'Aurore, de son côté, laissait vagabonder ses pensées du côté de la Tarentaise ; elle avait été troublée de revoir Eric ; malgré les années qui avait passé, Aurore s'apercevait qu'elle aimait encore

Eric. Comme elle aurait aimé rester là-haut avec Tim, mais il y avait Raphaëlle... Et pourtant elle n'avait remarqué entre eux, ni geste tendre, ni regard énamouré, Eric avait même paru un peu contrarié par sa venue. Quel drôle de couple, se dit-elle, pourquoi n'habitent-ils pas ensemble ? Il lui fallait être raisonnable, n'aller voir Eric que pour faire plaisir à Tim si son ami le lui proposait. Elle alla se coucher le cœur triste...

Eric se réveilla fatigué. Il avait passé une nuit exécrable pleine de cauchemars ; ça ne lui était pas arrivé depuis qu'il habitait la vallée des Belleville. Il but son café, alla sortir les chèvres et sur le sentier de la petite montagne, il se dit qu'il

n'avait plus goût, plus de plaisir à ce magnifique paysage, qu'il avait besoin d'Aurore et de Tim près de lui. C'était indéniable. Sa décision fut prise à cet instant ; il sortit son portable de sa poche et appela Raphaëlle. Il n'était encore pas huit heures, elle n'aurait donc pas commencé ses cours. La sonnerie retentit trois fois et il entendit :
- Allo ?
- Bonjour, c'est Eric, ça va ?
- Oui, et toi ?
- Pas trop, il faut que je te voie… C'est possible que je passe ce soir, après tes cours ?
- Oui, bien-sûr, on se retrouve à dix-sept-heures à mon appartement ?
- Ok, très bien, à ce soir. Bisous.
- A ce soir, bisous…

Raphaëlle avait à peine fini de parler qu'Eric avait raccroché. Elle rangea son téléphone dans son sac, une boule d'angoisse l'étreignit ; à cette minute, elle sut. Elle sut que son histoire avec Eric était finie.

Une fois arrivé au sommet de la petite montagne, laissant ses chèvres gambader, Eric respira longuement et appela Aurore. Il tomba sur son répondeur et lui laissa un message :

- Bonjour, Aurore, c'est Eric. Je voulais te dire que Tim et toi, vous me manquez déjà... Vous viendrez le weekend prochain ? Ca me ferait tellement plaisir... Tu m'appelles pour me dire si c'est ok pour vous... Je t'embrasse, Aurore. Embrasse Tim pour moi, à très vite...

A seize heures, il arrêta son travail, prit une douche, se rasa, passa une chemise propre et partit en direction de Moûtiers. Quand il arriva, Eric frappa un petit coup et entra sans attendre de réponse, comme il en avait l'habitude. Raphaëlle l'attendait devant un café, la mine triste. Le montagnard lui posa un baiser sur la joue et s'assit face à elle. Il n'était pas fier, non, du mal qu'il allait lui faire. La jeune femme lui proposa un café, ils restèrent un moment silencieux puis Eric se décida à parler :
- Raphie, il faut que je te dise quelque chose mais ce n'est pas facile… Je t'aime beaucoup, tu sais, mais… Je crois que ce n'est pas de l'amour…

- Et tu t'en rends compte, aujourd'hui ?
- Oui, j'ai cru sincèrement être amoureux de toi mais j'avais oublié ce qu'était vraiment l'amour…
- L'amour, c'est ce que tu éprouves pour Aurore, n'est-ce pas ?
- Oui, c'est vrai, je crois que je l'aime…
- Alors, il n'y a rien à ajouter… Tu seras gentil de me redescendre les affaires que j'ai chez toi…
- Bien sûr, tu veux bien que l'on reste amis ?
- Il faudra un peu de temps, Eric… Que je me reconstruise…
- Je suis désolée, Raphie, je te demande pardon… s'excusa le montagnard en se levant. Il posa de nouveau une bise sur la joue de la

jeune femme qui ne bougea pas et s'en alla. La porte sitôt refermée, Raphaëlle éclata en sanglots.

Le bâton à la main, Eric marchait d'un grand pas, le long du sentier qui le conduisait à la petite montagne où ses chèvres avaient passé la journée à brouter.

Arrivé en haut, il regarda ces magnifiques montagnes, la croix de son arrière-grand-père… Une douce sérénité l'envahit ; toutes ces étendues, tout ce calme lui faisaient tellement de bien. Il fut tiré de sa contemplation par la sonnerie de son téléphone portable :

- Allo ?
- Salut, Eric, c'est Aurore…
- Bonjour, je suis content que tu m'appelles…

- Pour ton invitation pour ce weekend, c'est très gentil mais Raphaëlle est-elle d'accord ? Je ne voudrais pas m'imposer surtout si vous ne vous voyez que les fins de semaine…

- Ne t'inquiète pas pour ça, nous avons rompu ce soir…

- Oh, je suis désolée…

- Ne le sois pas, c'est mieux ainsi… Vous venez, alors ?

- Alors ok, Tim va être tellement content, il ne parle que de toi…

Les amis parlèrent encore un petit moment puis après s'être mis d'accord pour samedi, fin de matinée, Aurore raccrocha.

Chapitre 19

Tim était heureux. Avec sa mère, ils arrivaient enfin au chemin qui menait chez Eric. Ils descendirent de la voiture et, leurs bagages pour un weekend dans chaque main, ils se dirigèrent chez leur ami. Eric était occupé à ranger quand il entendit frapper à la porte. Il se précipita pour leur ouvrir, aussi impatient que Timothée ; le jeune garçon se jeta dans ses bras et un grand sourire illumina le visage d'Eric et d'Aurore. Ils étaient tous les trois tellement heureux de se retrouver ! Après les embrassades, Tim fit part à son ami de son envie d'aller voir les chèvres.

- Bien sûr, mon garçon, que l'on va aller les voir, j'ai même prévu un pique-nique car je vais vous emmener jusqu'à la croix de mon arrière-grand-père et on mangera là-haut, ça vous dit ?

- Oh oui ! s'exclamèrent en même temps Aurore et son fils.

- Vous avez prévu les chaussures de montagne comme je vous l'avais conseillé au téléphone ?

- Bien-sûr, tu nous prends pour des citadins ? plaisanta la jeune femme.

Chapitre 20

Quelques mois plus tard...

On peut dire qu'il y en a eu des changements au pays ! En tous les cas, moi, je suis content parce que le petit Tim, c'est un bon gosse et parfois il m'accompagne dans mes tournées ; il m'a raconté un peu sa vie et croyez-moi, il a bien mérité un peu de bonheur ! Je vais vous dire, ce petit, c'est un rayon de soleil à lui tout seul !

Evidemment, je vous le dis, du jour où Aurore est entrée dans la vie d'Eric, moi, je n'ai plus jamais vu Raphaëlle dans nos hauteurs de Saint Martin. Quant à Tim et sa mère, ce qui devait arriver, arriva, ils ne sont plus redescendus à Chambéry. Je sais qu' Eric a emmené le petit au-dessus de Val Thorens, d'où on voyait les barres rocheuses de « Tête Ronde », là où son père s'était tué. Pauvre gamin, ce fut une épreuve pour lui ! Agenouillé, écrasé par ces sombres parois, il a pleuré toute sa souffrance. Pourquoi Dieu avait-il donc permis tout cela ? Alors Eric a pris Tim dans ses bras et il m'a confié qu'à cet instant, il s'était promis de tout faire pour que le

gamin soit heureux ; il a tenu sa promesse, il a épousé Aurore par une magnifique journée, il y avait un monde pas possible à la Chapelle de Notre Dame de la Vie ! Au vu de leurs visages rayonnants à tous les trois, j'ai regardé du côté du ciel et j'ai fait un clin d'œil à Dieu ; Lui et moi, on se comprenait, faut dire qu'il y a longtemps qu'on se cause !
Je suis allé féliciter les mariés quand j'ai entendu appeler :
- Papa ! Jeannot !
Etonné, j'ai regardé le petit, puis j'ai regardé Eric et ce dernier, avec un grand sourire, m'a dit :
- Hé oui, Jeannot, j'ai reconnu Tim, il porte mon nom, désormais il est mon fils …

Et là, il m'a bien semblé entendre murmurer à mon oreille : « Et si tout ce bonheur, c'était un peu grâce à toi, Jeannot, le facteur de notre belle vallée ... »

Fin

L'auteur rappelle que toute ressemblance avec des personnes existantes ou ayant existées est une pure coïncidence.

Je remercie,

Marie-josé Cassassus qui m'a encore une fois beaucoup aidée tout au long de l'écriture de ce roman,

Patrick Menoud pour m'avoir renseignée avec patience et passion sur la vallée des Belleville,

Jeannot Humbert pour avoir eu la gentillesse de me recevoir chez lui et me parler de la vie quotidienne des bellevillois,

V. qui a gentiment prêté son joli sourire d'enfant pour ma première de couverture.

Frédéric, mon mari, pour la mise en pages de ce roman et la réalisation de la première de couverture.